U0789093

李商隱詩集卷中

南朝

地險悠悠天險長金陵王氣應瑶光休誇此地分天下只得徐妃半面粧

題漢祖廟

乘運應須宅八荒男兒安在戀池隍君王自起新豐後項羽何曾在故鄉

韓冬郎即席爲詩相送一座盡驚他日徐方追吟連宵侍坐徘徊文之句有老成之風因成二絶寄酬兼呈畏之員外

十歲裁詩走馬成冷灰殘燭動離情桐花萬里丹山路鶵鳳清於老鳳聲

其二

劒棧風檣各苦辛別時氷雪到時春爲憑何遜休聯句瘦盡東陽姓沈人（沈東陽約嘗謂何遜曰吾每讀卿詩一日三復終未能余雖無東陽之才而有東陽之瘦矣）

評事翁寄賜餳粥走筆爲荅

粥香餳白杏花天省對流鶯坐綺筵今日寄来春巳老鳳樓迢遞憶鞦韆

東阿王

國事分明屬灌均西陵魂斷斷來人君王不得爲天子半爲當時賦洛神

聖女祠

松篁臺殿蕙香幃龍護瑶窻鳳掩扉無質易迷三里霧不寒長着五銖衣人間定有崔羅什天上應無劉武威寄問釵頭雙白燕毎朝珠館幾時歸

獨居有懷

麝重愁風逼羅踈畏月侵怨魂迷恐斷嬌喘

細疑沉數急芙蓉帶頻抽翡翠簪柔情終不遠遥妬已先深浦冷鴛鴦去園空蛺蝶尋蠟花長遞淚筝柱鎮移心覔使嵩雲暮迴頭灞岸陰只聞涼葉院露井近寒砧

過景陵

武皇精魄久僊昇帳殿淒涼煙霧凝俱是蒼生留不得鼎湖何異魏西陵

臨發崇讓宅紫薇

一樹濃姿獨看來秋庭暮雨類輕埃不先搖落應爲有已欲別離休更開桃綬含情依露

井柳緜相憶隔章臺天涯地角同榮謝豈要
移根上苑栽

及第東歸次灞上却寄同年

芳桂當年各一枝行期未分壓春期江魚朔
鴈長相憶秦樹嵩雲自不知下苑經過勞想
像東門送餞又差池灞陵柳色無離恨莫枉
長條贈所思

野菊

苦竹園南椒塢邊微香冉冉淚涓涓已悲節
物同寒鴈忍委芳心與暮蟬細路獨來當此
夕清罇相伴省他年紫雲新苑移花處不取
霜栽近御筵

板橋曉別

迴望高城落曉河長亭窻戶壓微波水仙欲
上鯉魚去一夜芙蓉紅淚多

過伊僕射舊宅

朱邸方酬力戰功華筵俄歎逝波窮迴廊簷
斷燕飛出小閣塵凝人語空幽淚欲乾殘菊
露餘香猶入敗荷風何能更涉瀧江去獨立
寒流弔楚宮

關門柳

水定河邊一行柳依依長發故年春東來西去人情薄不爲清陰減路塵

酬別令狐補闕

惜別夏仍半迴途秋已期那修直諫草更賦贈行詩錦段知無報青萍肯見疑人生有通塞公等繫安危警露鶴辞侶吸風蟬抱枝彈冠如不問又到掃門時

銀河吹笙

悵望銀河吹玉笙樓寒院冷接平明重衾幽夢他年斷別樹羇雌昨夜驚月榭故香因雨發風簾殘燭隔霜清不須浪作緱山意湘瑟秦簫自有情

與同年李定言曲水閑話戲作

海鷰參差溝水流同君身世屬離憂相攜花下非秦贅對泣春天類楚囚碧草暗侵穿苑路珠簾不卷枕江樓莫驚五勝埋香骨地下傷春亦白頭

彭城公薨後贈杜二十七勝李十七潘二君並與愚同出故尚書安

平公門下

梁山兖水約從公兩地差池一旦空謝墅庾村相弔後自今岐路更西東

聞歌

斂笑凝眸意欲歌高雲不動碧嵯峨銅壺罷望歸何處玉輦忘還事幾多青冢路邊南鴈盡細腰宮裏北人過此聲腸斷非今日香灺燈光柰爾何

贈華陽宋真人兼寄清都劉先生

淪謫千年別帝宸至今猶謝蘂珠人但驚茅許同仙籍不道劉盧是世親玉檢賜書迷鳳篆金華歸駕冷龍鱗不因杖屨逢周史徐甲何曾有此身

楚宮

十二峯前落照微高堂宮暗坐迷歸朝雲暮雨長相接猶自君王恨見稀

其二

月姊曾逢下彩蟾傾城消息隔重簾已聞珮響知腰細更辨絃聲覺指纖暮雨自歸山峭峭秋河不動夜厭厭王昌且在牆東住未必

金堂得免嫌

和友人戲贈二首

東望花樓會不同西來雙鸞信休通仙人掌冷三霄露玉女窗虛五夜風翠袖自隨迴雪轉燭房尋類外庭空殷勤莫使清香透牢合金魚鏁桂叢

其二

迢遞青門有幾關柳梢樓角見南山明珠可貫須爲珮白璧堪裁且作環子夜休歌團扇掩新正未破剪刀閑猿啼鶴怨終年事未抵燻爐一夕間

題二首後重有戲贈任秀才

一丈紅薔擁翠筠羅窗不識繞街塵峽中尋覓長逢雨月裏依稀更有人虛爲錯刀留遠客枉緣書札損文鱗遙知小閣還斜照羨殺烏龍臥錦茵

有感二首 乙卯年有感丙辰年詩成

九服歸元化三靈叶睿圖如何本初輩自取屈氂誅有甚當車泣因勞下殿趨何成奏雲物直是滅萑蒲證逮符書密辭連性命俱竟

緣尊漢相不早辨胡鶵鬼籙分朝部軍烽照
上都敢云堪慟哭未免怨洪鑪

其二

丹陛猶敷奏彤庭欻戰爭臨危對盧植（是晚獨召故相彭陽公入）始悔用龐萌御仗收前殿兇徒劇背城
蒼黃五色棒掩遏一陽生古有清君側今非
乏老成素心雖永易此舉太無名誰瞑銜寃
目寧吞欲絕聲近聞開壽讌不廢用咸英

重有感

玉帳牙旗得上游安危須共主君憂竇融表

已來關右陶侃軍宜次石頭豈有蛟龍愁失
水更無鷹隼與高秋晝號夜哭兼幽顯早晚
星關雪涕收

壽安公主出降

嬀水聞貞媛常山索銳師昔憂迷帝力今分
送王姬事等和強虜恩殊睦本枝四郊多壘
在此禮恐無時

夕陽樓（在滎陽是所知今遂寧蕭侍郎收滎陽日作矣）

花明柳暗繞天愁上盡重城更上樓欲問孤
鴻向何處不知身世自悠悠

春雨

帳臥新春白袷衣白門寥落意多違紅樓隔雨相望冷珠箔飄燈獨自歸遠路應悲春晼晚殘宵猶得夢依俙玉璫緘札何由達萬里雲羅一鴈飛

中元作

絳節飄飄宮國來中元朝拜上清迴羊權雖得金條脫温嶠終虛玉鏡臺曾省驚眠聞雨過不知迷路爲花開有娀未抵瀛洲遠青雀如何鴆鳥媒

鴛鴦

雌去雄飛萬里天雲羅滿眼淚潸然不須長結風波願鎖向金籠始兩全

楚宮

湘波如淚色漻漻楚禲迷魂逐恨遥楓樹夜猿愁自斷女蘿山鬼語相邀空歸腐敗猶難復更困腥臊豈易招但使故鄉三户在綵絲誰惜懼長蛟

妓席暗記送同年獨孤雲之武昌

疊嶂千重叫恨猿長江萬里洗離魂武昌若

有山頭石爲拂蒼苔撿淚痕

宿晋昌亭聞驚禽

羇緒鰥鰥夜景侵高窻不掩見驚禽飛來曲渚烟方合過盡南塘樹更深胡馬嘶和榆塞笛楚猿吟雜橘村砧失群掛木知何限遠隔天涯共此心

深宫

金殿銷香閉綺籠玉壺傳點咽銅龍狂飆不惜蘿陰薄清露偏知桂葉濃班竹嶺邊無限淚景陽宫裏及時鍾豈知爲雨爲雲處只有

高唐十二峯

明禪師院酬從兄見寄

貞吝嫌兹世會心馳本源人非四禪縛地絶一塵喧霜露欹高木星河墮故園斯游儻爲勝九折幸迴軒

寄裴衡

別地蕭條極如何更獨來秋應爲紅葉雨不猒青苔沈約只能瘦潘仁豈是才離情堪底寄惟有冷於灰

即日

小苑試春衣高樓倚暮暉夭桃唯是笑舞蝶
不空飛赤嶺久無耗鴻門猶合圍幾家緣錦
字含淚坐鴛機

淮陽路

荒村倚廢營投宿旅魂驚斷鴈高仍急寒溪
曉更清昔年甞聚盜此日頗分兵猜貳誰先
致三朝事始平

崇讓宅東亭醉後沔然有作

曲岸風雷罷東亭霽日涼新秋仍酒困幽興
暫江鄉摇落真何遽交親或未亡一帆彭蠡

月數鴈塞門霜俗態雖多累仙摽發近狂聲
名佳句在身世玉琴張萬古山空碧無人鬢
免黃驊騮憂老大鵾鳩妬芬芳窗竹沉虛籟
孤蓮泊晚香如何此幽勝淹卧劇清漳

晚晴

深居俯夾城春去夏猶清天意憐幽草人間
重晚晴併添高閣迥微注小窻明越鳥巢乾
後歸飛體更輕

迎寄韓魯州 瞻同年

積雨晚騷騷相思正欝陶不知人萬里時有

鷺雙高寇盜纏三輔時興元賊起三川兵出莓苔滑百牢
聖朝推衛索歸日動仙曹

武夷山

只得流霞酒一盃空中簫鼓當時迴武夷洞
裏生毛竹老盡曾孫更不來

一片

一片瓊英價動天連城十二昔虛傳良工巧
費眞爲累楮葉成來不直錢

寄成都高苗二從事時二公從事商隱座主府

紅蓮幕下紫黎新命斷湘南病渴人今日問

君能寄否二江風水接天津

鄭州獻從叔舍人褎

蓬島煙霞閬苑鍾三官牋奏附金龍茅君弈
世仙曹貴許椽全家道氣濃絳簡尚參黃紙
案丹爐猶用紫泥封不知他日華陽洞許上
經樓第幾重

西南行卻寄相送者

百里陰雲覆雪泥行人只在雪雲西明朝驚
破還鄉夢定是陳倉碧野雞

四皓廟

羽翼殊勳棄若遺皇天有運我無時廟前便
接山門路不長青松長紫芝

題白石蓮華寄楚公

白石蓮花誰所共六時長捧佛前燈空庭苔
蘚饒霜露時夢西山老病僧大海龍宮無限
地諸天鴈塔幾多層謾誇鷲子真羅漢不會
千車是上乘

安定城樓

迢遞高城百尺樓緑楊枝外盡汀洲賈生年
少虛垂涕王粲春來更遠游永憶江湖歸白
髮欲迴天地入扁舟不知腐鼠成滋味猜意
鵷鶵竟未休

隋宫守歲

消息東郊木帝迴宫中行樂有新梅沉香夾
煎爲庭燎玉液瓊蘇作壽盃遥望露盤疑是
月遠聞鼉鼓欲驚雷昭陽第一傾城客不踏
金蓮不肯來

利州江潭作 感孕金輪所

神劒飛來不是銷碧潭珍重注蘭橈自攜明
月移燈疾欲就行雲散錦遥河伯軒窗通貝

闕水宮帷箔卷氷綃他時燕脯無人寄雨滿
空城蕙葉彫

即日

地寬樓已迥人更迥於樓細意經春物傷醒
屬暮愁望賒殊易斷恨久欲難收大執真無
利名情豈自由空園兼樹廢敗港擁花流書
去青楓驛鴻歸杜若洲單棲應分定辭疾索
誰憂更替林鴉恨驚頻去不休

相思

相思樹上合歡枝紫鳳青鸞並羽儀腸斷秦

臺吹管客日西春盡到來遲

茂陵

漢家天馬出蒲梢苜蓿榴花徧近郊内苑只
知含鳳觜屬車無復插雞翹玉桃偷得憐方
朔金屋修成貯阿嬌誰料蘇卿老歸國茂
陵松栢雨蕭蕭

鏡檻

鏡檻芙蓉入香臺翡翠過撥弦驚火鳳交扇
拂天鵝隱忍陽城笑喧傳郢市歌仙眉瓊作
葉佛髻鈿爲螺五里無因霧三秋只見河月

中供藥剩海上得綃多玉集胡沙割犀留聖水磨斜門穿戲蝶小閣鎖飛蛾騎襜侵韉卷車帷約幰銚傳書兩行鴈取酒一封駝橋迥涼風墜溝擴夕照和待烏燕太子駐馬魏東阿想像鋪芳縟依俙解醉羅散時簾隔露臥後幕生波梯穩從攀桂弓調任射莎豈能拋斷夢聽鼓事朝珂

送鄭大台文南覲

黎辟灘聲五月寒南風無處附平安君懷一疋胡威絹爭拭酬恩淚得乾

風

迥拂來鴻急斜催別鷺高已寒休慘淡更遠尚呼號楚色分西塞夷音接下牢歸舟天外有一為戒波濤

洞庭魚

洞庭魚可拾不假更垂罾鬧若雨前蟻多於秋後蠅豈思鱗作簟仍計腹為燈浩蕩天池路翱翔欲化鵬

天涯

春日在天涯天涯日又斜鶯啼如有淚為濕

取高花

喜舍弟羲叟及弟上禮部魏公

國以斯文重公仍内署來風標森太華星象逼中台朝滿遷鸎侶門多吐鳳才寧同魯司寇唯鑄一顏回

哀箏

延鶏全同鶴柔腸素怯猿湘波無限淚蜀魄有餘寃輕幰長無道哀箏不出門何由問香炷翠幕自黄昏

自南山北歸經分水嶺

水急愁無地山深故有雲那通極目望又作斷腸分鄭驛來雖及燕臺哭不聞猶餘遺意在許刻鎮南勲

舊頓

東人望幸久咨嗟四海于今是一家猶鎖平時舊行殿盡無宮戶有宮鴉

代董秀才却扇

莫將畫扇出帷來遮掩春山滞上才若道團圓是明月此中須放桂花開

有感

非關宋玉有微辭，却是襄王夢覺遲。一自高唐賦成後，楚天雲雨盡堪疑。

驪山有感

驪岫飛泉泛暖香，九龍呵護玉蓮房。平明每幸長生殿，不從金輿唯壽王。

別智玄法師

雲鬢無端怨別離，十年移易住山期。東西南北皆垂淚，却是楊朱真本師。

贈孫綺新及弟

長樂遥聽上苑鍾，綵衣稱慶桂香濃。陸機始擬誇文賦，不覺雲間有士龍。

代秘書贈弘文館諸校書

清切曹司近玉除，比來秋興復何如。崇文館裏丹霜後，無限紅梨憶校書。

亂石

虎踞龍蹲縱復橫，星光漸減雨痕生。不須併礙東西路，哭殺廚頭阮步兵。

日日（一云春光）

日日春光鬭日光，山城斜路杏花香。幾時心緒渾無事，得及游絲百尺長。

過楚宮

巫峽迢迢舊楚宮至今雲雨暗丹楓微生盡戀人間樂只有襄王憶夢中

龍池

龍池賜酒敞雲屏羯鼓聲高衆樂停夜半宴歸宮漏永薛王沉醉壽王醒

淚

永巷長年怨綺羅離情終日思風波湘江竹上痕無限峴首碑前灑幾多人去紫臺秋入塞兵殘楚帳夜聞歌朝來灞水橋邊問未抵青袍送玉珂

十字水期韋潘侍御同年不至時韋寓居水次故郭汾寧宅

伊水濺濺相背流朱欄書閣幾人游漆燈夜照真無數蠟炬晨炊竟未休顧我有懷同大夢期君不至更沉憂西園碧樹今誰主與近高牕卧聽秋

流鶯

流鶯漂蕩復參差渡陌臨流不自持巧轉豈能無本意良辰未必有佳期風朝露夜陰晴

裏萬户千門開閉時曽苦傷春不思聽鳳城何處有花枝

出關宿盤豆館對叢蘆有感

蘆葉梢梢夏景深郵亭暫欲洒塵襟昔年曽是江南客此日初爲關外心思子臺邊風自急玉娘湖上月應沉清聲不遠行人去一世荒城伴夜砧

和韓録事送宫人入道

星使追還不自由雙童捧上緑瓊輈九枝燈下朝金殿三素雲中侍玉樓鳳女顛狂成久

別月娥孀獨好同游當時若愛韓公子埋骨成灰恨未休

即日

小鼎煎茶面曲池白鬚道士竹間棊何人書破蒲葵扇記着南塘移樹時

聖女祠

杳藹逢仙跡蒼茫滯客途何年歸碧落此路向皇都消息期青雀逢迎異紫姑腸迴楚國夢心斷漢宫巫從騎裁寒竹行車蔭白榆星娥一去後月姊更來無寡鵠迷蒼壑羈皇怨

翠梧唯應碧桃下方朔是狂夫

七月二十九日崇讓宅讌作

露如微霰下前池月過迴塘萬竹悲浮世本來多聚散紅蕖何事亦離披悠揚歸夢唯燈見濩落生涯獨酒知豈到白頭長只尔嵩陽松雪有心期

贈從兄閬之

帳望人間萬事違私書幽夢約忘機荻花村裏魚標在石蘚庭中鹿跡微幽徑定攜僧共入寒塘好與月相依城中猘犬憎蘭珮莫損幽芳久不歸

吳宮

龍檻沉沉水殿清禁門深掩斷人聲吳王宴罷滿宮醉日暮水漂花出城

常娥

雲母屏風燭影深長河漸落曉星沉常娥應悔偷靈藥碧海青天夜夜心

殘花

殘花啼露莫留春尖髮誰非怨別人若但掩關勞獨夢寶釵何日不生塵

天津西望

虜馬崩騰忽一狂翠華無不到東方天津西望腸真斷滿眼秋波出苑墻

西亭

此夜西亭月正圓踈簾相伴宿風煙梧桐莫更翻清露孤鶴從來不得眠

憶住一師

無事經年別遠公帝城鍾曉憶西峯煙爐消盡寒燈晦童子開門雪滿松

昨夜

不辭鶗鴂妬年芳但惜流塵暗燭房昨夜西池涼露滿桂華吹斷月中香

海客

海客乘槎上紫氛星娥罷織一相聞只應不憚牽牛妬聊用支機石贈君

初食笋呈座中

嫩籜香苞初出林於陵論價重如金皇都陸海應無數忍剪凌雲一寸心

早起

風露澹清晨簾間獨起人闚花啼又笑畢竟

是誰親

寄蜀客

君到臨邛問酒壚近來還有長卿無金徽却
是無情物不許文君憶故夫

行至金牛驛寄興元渤海尚書

樓上春雲水底天五雲章色破巴牋諸生箇
箇王恭柳從事人人庾杲蓮六曲屏風江雨
急九枝燈檠夜珠圓深慙走馬金牛路驟和
陳王白玉篇

深樹見一顆櫻桃尚在

高桃留晚實尋得小庭南矮墮綠雲髻敧危
紅玉簪惜堪充鳳實痛已被鸎含越鳥誇香
荔齊名亦未甘

細雨

帷飄白玉堂簟卷碧牙牀楚女當時意蕭蕭
髮彩涼

歌舞

遏雲歌響清迴雪舞腰輕只要君流眄君傾
國自傾

海上

石橋東望海連天徐福空來不得仙直遣麻
姑與搔背可能留命待桑田

魏侯第東北樓堂郢叔言别聊用

書所見成篇

暗樓連夜閣不擬爲黄昏未必斷别淚何曽
妨夢魂疑穿花逶迤漸近火温馨海底翻無
水仙家却有村鎖香金屈戌帶酒玉崑崙羽
白風交扇冰清月印盆舊歡塵自積新歲電
猶奔霞綺空留叚雲峯不帶根念君千里舸
江草漏燈痕

白雲夫舊居

平生誤識白雲夫再到仙簷憶酒壚墻外萬
株人絶迹夕陽唯照欲栖烏

同學彭道士參寥

莫羨仙家有上真仙家暫謫亦千春月中桂
樹高多少試問西河斫樹人

到秋

扇風淅瀝簟流漓萬里南雲滞所思守道清
秋還寂寞葉丹苔碧閉門時

華師

石橋東望海連天徐福空來不得仙直遣麻姑與搔背可能留命待桑田

魏侯第東北樓堂郢叔言別聊用書所見成篇

暗樓連夜閣不擬爲黃昏未必斷別淚何曾妨夢魂疑穿花逶迤漸近火温馨海底翻無水仙家却有村鎖香金屈戌帶酒玉崑崙羽白風交扇冰清月印盆舊歡塵自積新歲電猶奔霞綺空留段雲峯不帶根念君千里舸江草漏燈痕

白雲夫舊居

平生誤識白雲夫再到仙簷憶酒壚墻外萬株人絶迹夕陽唯照欲栖烏

同學彭道士參寥

莫羡仙家有上真仙家暫謫亦千春月中桂樹高多少試問西河斫樹人

到秋

扇風淅瀝簟流漓萬里南雲滞所思守道清秋還寂寞葉丹苔碧閉門時

華師

孤鶴不睡雲無心衲衣筇杖來西林院門晝
鎖迴廊靜秋日當階柿葉陰

華嶽下題西王母廟

神仙有分豈關情八馬虛追落日行莫恨名
姬中夜没君王猶自不長生

過華清內廄門

華清別館閉黃昏碧草悠悠內廄門自是明
時不巡幸至今青海有龍孫

樂遊原

萬樹鳴蟬隔斷虹樂遊原上有西風羲和自
趁虞泉宿不放斜陽更向東

贈荷花

世間花葉不相倫花入金盆葉作塵惟有綠
荷紅菡萏卷舒開合任天真此花此葉長相
映翠被紅衰愁殺人

丹丘

青女丁寧結夜霜羲和辛苦送朝陽丹丘萬
里無消息幾對梧桐憶鳳凰

房君珊瑚散

不見姮娥影清秋守月輪月中閑杵臼桂子

有將鶵樂阿閣華池兩處棲

昭肅皇帝挽歌辭三首

九縣懷雄武三靈仰睿文周王傳叔父漢后重神君玉律朝驚露金莖夜切雲笳簫凄欲斷無復詠橫汾

其二

玉塞驚宵柝金橋罷舉烽始巢阿閣鳳旋駕鼎湖龍門咽通神鼓樓凝警夜鍾小臣觀吉從猶誤欲東封

其三

莫驗昭華館虛傳甲帳神海迷求藥使雪隔獻桃人桂寢青雲斷松扉白露新萬方同象鳥舉動滿秋塵

梓州罷吟寄同舍

不揀花朝與雪朝五年從事霍嫖姚君緣接座交珠履我爲分行近翠翹楚雨含情皆有託漳濱多病竟無憀長吟遠下燕臺去唯有衣香染未銷

無題

鳳尾香羅薄幾重碧文圓頂夜深縫扇裁月

魄羞難掩車走雷聲語未通曾是寂寥金燼暗斷無消息石榴紅班騅只繫垂楊岸何處西南待好風

其二

重幃深下莫愁堂卧後清宵細細長神女生涯元是夢小姑居處本無郎（古詩有小姑無郎之句）風波不信菱枝弱月露誰教桂葉香直道相思了無益未妨惆悵是清狂

病中早訪招國李十將軍遇挈家遊曲江

十頃平波溢岸清病來唯夢此中行相如未是真消渴猶放沲江過錦城

昨日

昨日紫姑神去也今朝青鳥使來賒未容言語還分散少得團圓足怨嗟二八月輪蟾影破十三絃柱鴈行斜平明鐘後更何事笑倚墻邊梅樹花

櫻桃花下

流鶯舞蝶兩相欺不取花芳正結時他日未開今日謝嘉辰長短是參差

故驛迎弔故桂府常侍有感

飢烏翻樹晚雞啼泣過秋原沒馬泥二紀征南恩與舊此時丹旐玉山西

槿花

風露凄凄秋景繁可憐榮落在朝昏未央宮裏三千女但保紅顏莫保恩

暮秋獨游曲江

荷葉生時春恨生荷葉枯時秋恨成深知身在情長在悵望江頭江水聲

任弘農尉獻州刺史乞假歸京

黃昏封印點刑徒愧負荊山入座隅却羨卞和雙刖足一生無復沒階趨

贈勾芒神

佳期不定春期賒春物夭閼興咨嗟願得勾芒索青女不教容易損年華

無愁果有愁曲北齊歌

東有青龍西白虎中含福星包世度玉壺渭水笑清潭鑿天不到牽牛處騏驎踏雲天馬獰牛山撼碎珊瑚聲秋娥點滴不成淚十二玉樓無故釘推煙唾月拋千里十番紅桐一

行死白楊別屋鬼迷人空留暗記如蚕紙日
莫向風牽短絲血疑血散今誰是

房中曲

薔薇泣幽素翠帶花錢小嬌郎癡若雲抱日
西簾曉枕是龍宮石割得秋波色玉簟失柔
膚但見蒙羅碧憶得前年春未語悲含辛歸
來已不見錦瑟長初人今日澗底松明日山
頭蘖愁到天池翻相看不相識

齊梁晴雲

緩逐煙波起如妬柳緜飄故臨飛閣度欲入

迴陂銷縈歌憐畫扇敞景弄柔條更耐天南
位牛渚宿殘宵

効徐陵體贈更衣

密帳真珠絡温幃翡翠裝楚腰知便寵宮眉
正鬭強結帶懸梔子繡領刺鴛鴦輕寒衣省
夜金斗熨沉香

又効江南曲

郎舩安兩槳僮舸動雙橈掃黛開宮額裁裙
約楚腰乖期方積思臨醉欲拌嬌莫以採菱
唱欲羨秦臺簫

月夜重寄宋華陽姊妹

偷桃竊藥事難兼十二城中鎖彩蟾應共三英同夜賞玉樓仍是水精簾

訪人不遇留别館

卿卿不惜瑣牕春去作長楸走馬身閑倚繡簾吹柳絮日高深院断無人

雨中長樂水館送趙十五滂不及

碧雲東去雨雲西苑路高高驛路低秋水緑蕪終盡分夫君太騃錦障泥

汴上送李郢之蘇州

人高詩苦滯夷門萬里梁王有舊園煙幌自應憐白紵月樓誰伴詠黄昏露桃塗頰依苔井風柳誇腰住水村蘇小小墳今在否紫蘭香逕與招魂

贈鄭讜處士

浪跡江湖白髮新浮雲一片是吾身寒歸山觀隨棊局暖入汀洲逐釣輪越桂留烹張翰鱠蜀薑供煑陸機蓴相逢一笑憐疎放他日扁舟有故人

復至裴明府所居

伊人卜築自幽深桂巷杉籬不可尋柱上雕
虫對書字槽中瘦馬仰聽琴求之流輩豈易
得行矣關山方獨吟賒取松膠一斗酒與君
相伴灑煩襟

覽古

莫恃金湯忽太平草間霜露古今情空糊頳
壤真何益欲舉黃旗竟不成長樂瓦飛隨水
逝景陽鐘墮失天明迴頭一弔箕山客始信
逃堯不爲名

子初郊墅

看山對酒君思我聽鼓離城我訪君臘雪已
添墻下水齋鐘不散檻前雲陰移竹栢濃還
淡歌雜漁樵斷更聞亦擬村南買煙舍子孫
相約事耕耘

漢南書事

西師萬衆幾時迴哀痛天書近已裁文吏何
曾重刀筆將軍猶自舞輪臺幾時拓土成王
道從古窮兵是禍胎陛下好生千萬壽玉樓
長御白雲杯

當句有對

密迩平陽接上蘭秦樓鴛瓦漢宮盤池光不定花光亂日氣初涵露氣乾但覺游蜂饒舞蝶豈知孤鳳憶離鸞三星自轉三山遠紫府程遥碧落寬

井絡

井絡天彭一掌中漫誇大設釼爲峯陣圖東聚燕江口邊拆西懸雪嶺松堪嘆故君成杜宇可能先主是眞龍將來爲報姧雄輩莫向金牛訪舊蹤

寫意

燕鴈迢迢隔上林高秋望斷正長吟人間路有潼江險天外山惟玉壘深日向花間留返照雲從城上結層陰三年已制思鄉淚更入新年恐不禁

隨師東

東征日調萬黄金幾竭中原買鬬心軍令未聞誅馬謖捷書唯是報孫歆（平吴之役上言得歆吴平孫尚在）但須鸑鷟巢阿閣豈暇鴟鴞在泮林可惜前朝玄菟郡積骸成莽陣雲深

宋玉

宋玉

朝宮洗祁積渡水家陣雲深

但須獵鳥樂阿閣宣明鴻鳥在燕林何庸宮

開來誇馬叟據書僅是報孫敵

東征日調詠黃金變爲中原買關心事今大

廢　師東

新年恐不樂

膽雲從城上合屬餘陵三年日制思鄉淚更入

有重江險天入山縱王疊深日向花間留返

燕過返返隔上林高叔定斷正是今人間路

卷中　三十

寫意

金牛詩舊跋

字可能先主已真龍將來爲報好龍黃人向

衆樂江口邊亦西懸雪嶺松其樂故君成柱

井絡天涯一掌中曼陀大設爲爭陣圖東

井絡

程遺鳥番落寶

嫌豈知州風惠齋驚三星自轉三山漢葉府

究花光亂日氣宋行霧氣行但覺寶氣輝鸚舞

落逐平陽接上關泰穗前秀漢宮盡逸光不

何事荆臺百萬家唯教宋玉擅才華楚辭已
不饒唐勒風賦何曾讓景差落日渚宫供觀
閣開年雲夢送煙花可憐庾信尋荒徑猶得
三朝託後車

韓同年新居餞韓西迎家室戲贈

籍籍征西萬戶侯新緣貴壻起朱樓一名我
漫居先甲千騎君翻在上頭雲路招邀迴綵
鳳天河迢遞笑牽牛南朝禁臠無人近瘦盡
瓊枝詠四愁

奉和太原公送前楊秀才戴兼招

楊正字戎

潼關地接古弘農萬里高飛鴈與鴻桂樹一
枝當白日芸香三代繼清風仙舟尚惜乖雙
美綵服何由得盡同誰憚士龍多笑疾美髭
終類晉司空

池邊

玉管葭灰細細吹流鸎上下鷰參差日西千
遶池邊樹憶把枯條撼雪時

賈生

宣室求賢訪逐臣賈生才調更無倫可怜夜

半虛前席不問蒼生問鬼神

送王十三校書分司

多少分曹掌祕文洛陽花雪夢隨君定知何
遜緣聯句每到城東憶范雲

寄惱韓同年時韓住蕭洞二首

簾外辛夷定已開開時莫放艷陽迴年華若
到經風雨便是胡僧話劫灰

其二

龍山晴雪鳳樓霞洞裏迷人有幾家我爲傷
春心自醉不勞君勸石榴花

謁山

從來繫日乏長繩水去雲迴恨不勝欲就麻
姑買滄海一杯春露冷如冰

鈞天

上帝鈞天會衆靈昔人因夢到青冥伶倫吹
裂孤生竹却爲知音不得聽

失猿

祝融南去萬重雲清嘯無因更一聞莫遣碧
江通箭道不敎腸斷憶同群

戲題友人壁

花遲逶迤柳巷深小蘭亭午轉春禽相如解作長門賦却用文君取酒金

假日

素琴絃斷酒餅空倚坐欹眠日已中誰向劉靈天幕內更當陶令北窗風

寄遠

姮娥搗藥無時已玉女投壺未肯休何日桑田俱變了不教伊水更東流

王昭君

毛延壽畫欲通神忍爲黃金不爲人馬上琵

琶行萬里漢宮長有隔生春

舊將軍

雲臺高議正紛紛誰定當時蕩寇勳日暮灞陵原上獵李將軍是舊將軍

曼倩辭

十八年來墮世間瑤池歸夢碧桃閑如何漢殿穿針夜又向窗中覷阿環

所居

窗下尋書細溪邊坐石平水風醒酒病霜日曝衣輕雞黍隨人設蒲魚得地生前賢無不

謂容易即遺名

高松

高松出衆木伴我向天涯客散初晴後僧來不語時有風傳雅韻無雪試幽姿上藥終相待他年訪伏龜

訪秋

酒薄吹還醒樓危望已窮江皋當落日帆席見歸風煙帶龍潭白霞分鳥道紅殷勤報秋意只是有丹楓

昭郡

桂水春猶早昭川日正西虎當官路鬬猿上驛樓啼繩爛金沙井松乾乳洞梯鄉音吁可駭仍有醉如泥

哭劉司户蕡

路有論冤謫言皆在中興空聞還賈誼不待相孫弘江闊唯迴首天高但撫膺去年相送地春雪滿黄陵

裴明府居止

愛君茅屋下向晚水溶溶試墨書新竹張琴和古松坐來聞好鳥歸去度疎鍾明日還相

見橋南貰酒濃

陸發荆南始至商洛

昔去眞無素今還豈自知青辭木奴橘紫見地仙芝四海秋風闊千巖暮景遲向來憂際會猶有五湖期

陳後宫

玄武開新苑龍舟燕幸頻渚蓮參法駕沙鳥犯鉤陳壽獻金莖露歌翻玉樹塵夜來江令醉別詔宿臨春

樂遊

春夢乱不記春原登已重青門弄煙柳紫閣舞雲松拂硯輕冰散開樽緑酎濃無悰託詩遣吟罷更無悰

贈子直花下

池光忽隱墻花氣乱侵房屛緣蝶留粉窻油蜂印黃官書推小吏侍史從清郎並馬更吟去尋思有底忙

小園獨酌

柳帶誰能結花房未肯開空餘雙蝶舞竟絕一人來半展龍鬚席輕斟馬腦杯年年春不

定虛信歲前梅

思歸

固有樓堪倚能無酒可傾嶺雲春沮洳江月夜晴明魚乱書何託猿哀夢易驚舊居連上苑時節正遷鶯

獻寄舊府開封公

幕府三年遠春秋一字褒書論秦逐客賦續楚離騷地里南溟闊天文北極高酬恩撫身世未覺勝鴻毛

向晚

當風橫去幰臨水卷空帷北去鞦韆罷南朝祓禊歸花情羞脉脉柳意悵微微莫歎佳期晚佳期自古稀

春游

橋峻班騅疾川長白鳥高煙輕唯潤柳風濫欲吹桃徙倚三層閣摩挲七寶刀庾郎年最少青草妬春袍

離席

出宿金樽掩從公玉帳新依依向餘照遠遠隔芳塵細草翻驚鴈殘花伴醉人楊朱不用

勸只是更沾巾

俳諧

短顧何由遂遲光且莫驚鸎鷰能歌子夜蝶解舞宮城柳訝眉傷淺桃猜粉太輕年華有情狀吾敢恡生平

細雨

蕭洒傍廻汀依微過短亭氣涼先動竹點細未開萍稍促高高鷺微疎的的螢故園煙草色仍近五門青

商於新開路

六百商於路崎嶇古共聞蜂房春欲暮虎穽日初曛路向泉間辨人從樹杪分更誰開捷徑速擬上青雲

題鄭大有隱居

結搆何峯是喧閑此地分石梁高瀉月樵路細侵雲偃卧蛟螭室希夷鳥獸群近知西嶺上玉管有時聞（君居近子晉憇鶴臺）

夜飲

卜夜容衰鬢開筵屬異方燭分歌扇淚雨送酒船香江海三年客乾坤百戰場誰能辭酩

酊淹卧劇清漳

江上

萬里風來地清江北望樓雲通梁苑路月帶
楚城秋剩字從漫滅歸途尚阻脩前程更煙
水吾道豈淹留

凉思

客去波平檻蟬休露滿枝永懷當此節倚立
自移時北斗兼春遠南陵寓使遲天涯占夢
數疑誤有新知

鸞鳳

舊鏡鸞何處衰桐鳳不栖金錢饒孔雀錦段
落山雞王子調清管天人降紫泥豈無雲露
分相望不應迷

李衛公

絳紗弟子音塵絶鸞鏡佳人舊會稀今日致
身歌舞地木綿花暖鷓鴣飛

韋蟾

謝家離别正淒凉少傅臨歧賭佩囊裹却憶短
亭迴首處夜來煙雨滿池塘

自貺

陶令棄官後仰眠書屋中誰將五斗米擬換北窻風

蝶

孤蝶小徘徊翩翾粉翅開併應傷皎潔頻近雪中來

夜意

簾垂幕半卷枕冷被仍香如何爲相憶魂夢過瀟湘

因書

絕徼南通棧孤城北枕江猿聲連月檻鳥影落天窻海石分棊子郫筒當酒缸生歸話辛苦別夜對凝釭

奉寄安國大師兼簡子蒙

憶奉蓮花坐兼聞貝葉經巖光分蠟屐澗響入銅鉼日下徒推鶴天涯正對螢魚山羨曹植眷屬有文星

閑遊

危亭題竹粉曲沼嗅荷花數日同攜酒平明不在家尋幽殊未極得句摠堪誇強下西樓去西樓倚暮霞

縣中惱飲席

晚醉題詩贈物華罷吟還醉忘歸家若無江氏五色筆爭奈河陽一縣花

題李上暮壁

舊著思玄賦新編雜擬詩江庭猶近別山舍得幽期嫩割周顒韭肥烹鮑照葵飽聞南燭酒仍及撥醅時

江村題壁

沙岸竹森森維梢聽越禽數家同老壽一逕自陰深喜客嘗留橘應官說採金傾壺眞得

地愛日靜霜砧

即日

桂林聞舊說曾不異炎方（宋考功有小長安之句也）山響匡床語花飄度臘香幾時逢鴈足着處斷猿腸獨撫青青桂臨城憶雪霜

漫成五章

沈宋裁辭矜變律王楊落筆得良朋當時自謂宗師妙今日唯觀對屬能

其二

李杜操持事略齊三才萬象共端倪集仙殿

與金鑾殿可是蒼蠅惑曙雞

其三

生兒古有孫征虜嫁女今無王右軍借問琴書終一世何如旗蓋仰三分

其四

代北偏師銜使節關東裨将建行臺不妨常日饒輕薄且喜臨戎用草萊

其五

郭令素心非黷武韓公本意在和戎兩都耆舊偏垂涙臨老中原見朔風

射魚曲

思牢弩箭磨青石繡額蠻渠三虎力尋潮背日伺泗鱗具闕夜移鯨失色纖纖粉簳馨香餌緑鴨迴塘養龍水含氷漢語遠於天何由迴作金盤死

日高

鍍鐶故錦縻輕拖玉筰不動便門鎖水精眠夢是何人欄藥日高紅鬖鬖飛香上雲春訴天雲梯十二門九開輕身滅影何可望粉蛾怗死屏風上

宮中曲

雲母濾宮月夜夜白於水賺得羊車來低扇遮黃子水精不覺冷自刻鴛鴦翅蠶縷茜香濃正朝緾左臂巴牋兩三幅滿寫承恩字欲得識青天昨夜蒼龍是

海上謠

桂水寒於江玉兔秋冷咽海底覓仙人香桃如瘦骨紫鸞不肯舞滿翅蓬山雪借得龍堂寛曉出揲雲鬟劉郎舊香炷立見茂陵樹雲孫帖帖卧秋烟上元細字如蠶眠

李夫人三首

一帶不結心兩股方安髻慙愧白茅人月没敎星替

二

剩結茱萸枝多擘秋蓮的獨自有波光綵囊盛不得

三

鸞絲繫條脫妍眼和香屑壽宮不惜鑄南人柔腸早被秋眸割清澄有餘幽素香鰥魚渴鳳眞珠房不知瘦骨類冰井更許夜簾通曉霜土花漠碧雲忙忙黃河欲盡天蒼黃

景陽宮井雙桐

秋港菱花乾玉盤明月蝕血滲兩枯心情多去未得徒經白門伴不見丹山客未待刻作人愁多有魂魄誰將玉盤與不死翻相誤天更闊於江孫枝覔郎主昔妬隣宮槐道類雙眉斂今日繫紅櫻拋人占長簞翠襦不襟綻留涙啼天眼寒灰劫盡問方知石羊不去誰相絆

秋日晚思

桐槿日零落雨餘方寂寥枕寒莊蝶去窻冷亂螢銷取適琴將酒忘名收與樵平生有游

李中　四十四

舊一一在煙霄

春霄自遣

地勝遺塵事身閑念歲華晚晴風過竹深夜月當花石乱知泉咽苔荒任逕斜陶然恃琴酒忘却在山家

七夕偶題

寶婺瑤珠珮常娥照玉輪靈帰天上疋巧遺世間人花果香千戶笙竿溢四鄰明朝曬犢鼻方信阮郎貧

靈仙閣晚眺寄鄆州韋評事

愚公方任谷仁者本依山共誓林泉志胡爲
樽俎間華蓮開菡萏荆王刻潺顔奕氣臨周
道嵐光出漢闕滿壺從蟻泛高閣巳苔斑想
就安車召寧期負笑還潘游全璧散郭去半
舟閑定笑幽人迹鴻軒不可攀

幽居冬暮

羽翼摧殘日郊園寂寞時曉雞驚樹雪寒鷺
守氷池急景倏云暮頽年寖巳衰如何庄國
分不與夙心期

過姚孝子廬偶書

拱木臨周道荒廬積古苔魚因感姜出鶴爲
弔陶來兩鬢蓬常乱雙眸血不開聖朝敦尔
類非獨路人哀

賦得月照氷池詩

皓月方離海堅氷正滿池金波雙激射璧彩
兩參差影占徘徊處光含的皪時高低連素
色上下接清規顧兎飛難定潛魚躍未期鵲
驚俱欲遶狐聽始無疑似鏡將盈手如霜恐
透肌獨憐游翫意達曉不知疲

永樂縣所居一草一木無非自裁

今春悉已芳茂因書即事一章

手種悲陳事，心期翫物華。柳飛彭澤雪，桃散武陵霞。枳嫩捿鸞葉，桐香待鳳花。綬藤縈弱蔓，袍草展新芽。學植功雖倍，成蹊跡尚賒。芳年誰共翫，終老邵平瓜。

南潭上亭讌集以疾後至因而杼情

馬卿聊應召，謝傅已登山。歌發百花外，藥調深竹間。鷁舟縈遠岸，魚鑰啓重關。鷺蝶如相引，煙蘿不暇攀。佳人啓玉齒，上客頷朱顔。肯念沉痾士，俱期倒載還。

寒食行次冷泉驛

歸途仍近節，旅宿倍思家。獨夜三更月，空庭一樹花。介山當驛秀，汾水遶關斜。自怯春寒苦，那堪禁火賒。

寄華嶽孫逸人

靈嶽幾千仞，老松逾百尋。攀崖仍躡壁，啄葉復眠陰。海上呼三島，齋中戲五禽。唯應逢阮籍，長嘯作鸞音。

戲題贈稷山驛吏王全 全爲驛吏五十六年

人稱有道術往來多贈詩章

絳臺驛吏老風塵，躭酒成仙幾十春。過客不勞詢甲子，唯書亥字與時人。

和韋潘前輩七月十二日夜泊池州城下先寄上李使君

桂含爽氣三秋首，蓂吐中旬三葉新。正是澄江如練處，玄暉應喜見詩人。

花下醉

尋芳不覺醉流霞，倚樹沉眠日已斜。客散酒醒深夜後，更持紅燭賞殘花。

所居永樂縣久旱縣宰祈禱得雨因賦詩

甘膏滴滴是精誠，晝夜如絲一夕盈。秪恠閭閻喧鼓吹，邑人同報東長生。

李商隱詩集卷中